Amélie

Collection conçue et
dirigée par

YVON BROCHU

DANIELLE SIMARD

LA QUEUE DE L'ESPIONNE

Illustrations
DANIEL DUMONT

Données de catalogage avant publication (Canada)

Simard, Danielle
La queue de l'espionne
(Carrousel: 36)
Pour enfants à partir de 6 ans.

ISBN 2-89512-041-2

I. Simard, Danielle. II. Titre. III. Collection.

PS8593.I43L46 1998   jC843'.54   C97-941593-4
PS9593.I43L46 1998
PZ23.V54Le 1998

© Les éditions Héritage inc. 1998
Tous droits réservés
Dépôts légaux: 1er trimestre 1999
Bibliothèque nationale du Québec
Bibliothèque nationale du Canada
Bibliothèque nationale de France

ISBN: 2-89512-041-2   Imprimé au Canada

Direction de la collection: Yvon Brochu, R-D création enr.
Direction artistique: Dominique Payette
Conception graphique de la collection: Pol Turgeon
Graphisme: Diane Primeau
Conseillère: Thérèse Leblanc, enseignante
Correction-révision: Marie-Thérèse Duval –
Martine Latulippe

10 9 8 7 6 5 4 3 2

Dominique et compagnie
Une division des éditions Héritage
300, rue Arran, Saint-Lambert (Québec) J4R 1K5
Téléphone: (514) 875-0327
Télécopieur: (450) 672-5448
Courriel: info@editionsheritage.com

Nous remercions le Conseil des Arts du Canada de l'aide
accordée à notre programme de publication, ainsi que la SODEC
et le ministère du Patrimoine canadien.

LE CONSEIL DES ARTS | THE CANADA COUNCIL
DU CANADA | FOR THE ARTS
DEPUIS 1957 | SINCE 1957

SODEC
SOCIÉTÉ DE
DÉVELOPPEMENT
DES ENTREPRISES
CULTURELLES
Québec ::

GÉNIAL!
Kolinette peut voir à travers le mur! Le nez collé sur le papier peint, elle observe ses parents, Kolin et Colette. Ce sont deux savants. Ils créent des inventions ultrasecrètes. Comme d'habitude, ils travaillent dans leur laboratoire. Il n'y a pas de fenêtre. La porte est fermée à clé. Ils croient que personne ne peut les espionner. Pourtant, leur fille les

voit et les entend, debout dans le corridor.

Mais oui! Kolinette porte des *transvunettes*. Ce sont des lunettes qui permettent de voir à travers les murs. Une invention de ses parents, justement. Tout comme les *sursons* qu'elle a placés dans ses oreilles. Des petites boulettes avec lesquelles elle entend ce qui

se dit dans la pièce d'à côté. Par contre, personne n'entend Kolinette. Car elle marche sans bruit, grâce à une troisième invention de ses parents: les *chaussansons*. Avec ces drôles de chaussons, elle peut avancer sans toucher par terre. Elle reste dans les airs, à un centimètre du sol!

«Dire que j'ai trouvé ces objets dans la poubelle! pense Kolinette. Moi, je les trouve fantastiques.»

La penderie de la fillette est remplie de trouvailles de ce genre. Et elles viennent toutes de la même poubelle. Celle où Kolin et Colette jettent leurs inventions imparfaites. Un seul petit défaut et HOP! à la poubelle. HOP! les *transvunettes* incapables de voir à travers les murs très épais. HOP! les *sursons*

incapables de capter ce qui se dit à voix basse. HOP! les *chaussansons* qui ne parviennent à soulever que des enfants. Toutefois, ces défauts-là ne  dérangent pas du tout Kolinette. Le mur du laboratoire n'est pas très épais. Ses parents parlent à voix haute. Et elle n'est encore qu'une enfant!

«On dirait que le mur n'existe plus. On dirait que, moi aussi, je suis dans le

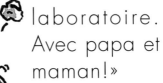

laboratoire. Avec papa et maman!»

Mais Kolin et Colette ne savent pas que leur fille les espionne en ce moment. Ils ne savent pas qu'elle porte des *transvunettes*, des *sursons* et des *chaussansons*. Les inventions qu'ils jettent à la poubelle sont introuvables, pensent-ils. Elles sont emballées dans des boîtes et du papier brun, solidement ficelées.

Les parents se montrent parfois idiots, même les parents

savants. Les enfants sont curieux, c'est bien connu. Quand ils voient un paquet, ils veulent l'ouvrir. Un jour, Kolinette a fouillé dans un premier colis. Elle y a trouvé une invention. Après quoi, elle s'est emparée du contenu de tous les autres colis. Ah! si Kolin et Colette savaient ça! Eux qui répètent: «Notre fille est trop petite pour connaître nos découvertes. Avec ces inventions, elle ferait des bêtises!»

Quelle erreur! Kolinette n'est pas si petite que ça. Elle a huit ans. Et elle ne fait pas de bêtises avec les *transvunettes*, les *sursons* et les *chaussansons*. Non! Ces inventions lui servent simplement à rester auprès de Kolin et Colette. Elle en a assez d'être mise de côté quand ses parents sont au travail.

Le nez collé au mur, Koli-nette observe les savants. «Qu'est-ce qu'ils ont en-core inventé? se demande-t-elle. Ils sont vraiment très excités.» Sa  maman brandit une sorte de télécommande qu'elle dirige vers un tabouret.

—Un, deux, trois, j'appuie sur le bouton rouge, dit-elle.

Elle agite doucement sa manette et... le tabouret s'efface! «HOURRA!» crient les savants en sautant comme

des kangourous.

– Un, deux, trois, j'appuie sur le bouton vert, dit cette fois Colette, et... le tabouret réapparaît.

– Une vraie baguette magique! lance Kolin.

– Une baguette scientifique, réplique sa femme.

Kolinette est renversée. Ses

parents rient comme deux enfants, sans elle! Et puis ils s'amusent à faire disparaître et réapparaître toutes sortes de trucs. Même Casimir, le petit rat de laboratoire, et même… Oh non! Tempo, le chat! Le cœur serré, la fillette écrase son nez contre le mur. Kolin veut faire réapparaître Tempo. Mais l'animal invisible

a filé. Où donc le retrouver dans le grand laboratoire? L'inventeur pointe la manette partout. À la fin, il réussit à attraper le derrière du chat. Kolinette écarquille les yeux. Un demi-chat zigzague dans le laboratoire. Sur deux pattes! Ses parents rient de plus belle. Kolin tend la manette à sa femme et s'exclame:

—À mon tour de disparaître!

Colette agite l'invention devant son mari. On dirait

qu'elle tient une grosse gomme à effacer et qu'elle efface Kolin à distance. La tête, les épaules et le reste jusqu'aux pieds. Kolinette ne voit plus que la silhouette de son père. Juste une forme blanche. Oh! le voilà qui se retourne! Son dos n'est pas effacé. Un papa est plus épais qu'un chat, on ne peut réussir à tout l'effacer d'un seul coup. Alors Colette se remet à la tâche. Bientôt, on voit au travers de Kolin.

—C'est la découverte du siècle! lance l'homme invisible.

Après quelques larmes de bonheur, Colette fait réapparaître son mari. De haut en bas. En avant et en arrière. La manette semble maintenant un crayon-feutre qui dessine Kolin dans l'espace.

—Un café pour fêter ça? propose le savant.

Colette sort une clé d'une minuscule trappe secrète. Elle

enferme sa
précieuse ba-
guette scien-
tifique dans
l'armoire aux
mystères. Si
elle savait! Il
n'y a ni secret
ni mystère
pour la petite
espionne.
Kolinette court
se cacher dans un recoin.

Les inventeurs descendent à la
cuisine. L'espionne se glisse
dans le laboratoire. Elle

déniche la clé, ensuite la manette, et elle se met à l'ouvrage.

Ses parents lui répètent sans cesse de bien s'appliquer. À les entendre, elle ne s'applique jamais assez. Ils ont tort! Kolinette prend bien soin d'effacer tout le devant de son corps, jusqu'au bout des

orteils. Puis elle brandit la manette au-dessus de sa tête. Par-dessus les épaules. Derrière la taille. Elle les trouve plutôt drôles, papa et maman. Ils lui défendent de rester avec eux dans le grand laboratoire et, pourtant, leurs inventions lui permettent de les suivre en secret.

23

Kolinette range la manette et la clé. Elle descend à la cuisine. En silence, grâce à ses *chaussansons*. Et surtout en étant invisible, croit-elle. Mais elle a oublié d'effacer... le bout de sa queue de cheval!

Bien sûr, ses parents ne voient pas son sourire coquin. Par contre, ils aperçoivent la couette de cheveux roux qui se promène

dans les airs. Kolin et Colette se donnent de petits coups de pied sous la table. Les génies comprennent si vite! Mais les parents n'en reviennent pas.

Comment leur fille a-t-elle fait pour trouver leur toute nouvelle invention?

Colette se lève, mine de rien. Elle se dirige vers le laboratoire. Son mari la suit.

Kolinette aussi. Dans l'escalier, la savante se retourne, les
sourcils froncés.

— Tu n'entends pas respirer?
demande-t-elle à Kolin.

Le souffle coupé, Kolinette
s'immobilise aussitôt sur la
marche où elle se trouve.

—Heureusement qu'on cache nos inventions! s'écrie sa maman qui arrive en haut. Tu t'imagines, si la petite jouait avec notre baguette scientifique?

—L'horrrreur! gronde Kolin. C'est tellement dangereux,

 cette invention! Si on est invisible durant plus de vingt minutes, on le reste... pour la vie!

Et vlan! Les savants s'enferment dans le laboratoire.

Le cœur de Kolinette va exploser. Catastrophe! Va-t-elle demeurer invisible toute la vie? Ou avouer la vérité? Et ses parents reprendraient alors toutes les inventions qu'elle a trouvées! Ses *sursons*, ses *transvunettes*, ses *chaussansons*... tout! Mais a-t-elle le temps de réfléchir? Elle grimpe les marches vite, vite, vite. Elle se précipite vers la porte du laboratoire. Et soudain, elle entend à travers le mur:

—Ça lui servira de leçon, la petite fouine!

—On l'a bien eue. Attends qu'elle nous supplie d'ouvrir!

Kolinette a toujours ses *transvunettes* sur le nez. À travers la porte, elle voit maintenant ses parents rigoler. Colette relève ses cheveux.

Elle en fait une queue et va l'agiter juste sous le nez de Kolin qui pouffe de rire. L'espionne court se voir dans le miroir accroché au mur, tout près. Elle y aperçoit enfin le bout de queue oublié. Zut!

—Mais qu'attend-elle? dit sa mère. Allons voir!

Vite! Kolinette appuie son dos au mur. Elle plonge sa couette sous le miroir. La voilà absolument invisible. Dans la porte du laboratoire, ses

parents ont
l'air ahuri. Les
yeux ronds et
la bouche ou-
verte, Colette
et Kolin regar-
dent de tous
les côtés. Puis
ils s'élancent
vers le rez-
de-chaussée.

Leur fille entre aussitôt dans le
laboratoire et va effacer sa
queue.

Une Kolinette toute transpa-
rente rejoint ses parents en
bas.

—Pauvre petite! se lamente Colette. Pourquoi s'est-elle enfuie? A-t-elle si peur de nous?

—L'horrrreur! gronde Kolin. Elle préfère rester invisible que de nous avouer la vérité.

—C'était une blague! hurle Colette. Ma chouette, tu m'entends? Ah! Kolin, comme elle doit être triste!

– Quels imbéciles nous sommes! Terroriser une enfant! Ha! ha! Kolinette va bien se venger. «Qu'ils continuent à avoir honte, mes parents! Qu'ils s'inquiètent pour moi! Qu'ils fouillent tous les recoins! Je vais faire durer ce plaisir.»

– Où es-tu, ma puce? pleurniche sa maman.

«Ma puce? Elle est bonne, celle-là!» pense Kolinette.

Et son père! Il prétend maintenant que «la petite» a coupé sa queue. Il cherche la couette dans les poubelles, dans les toilettes, sous les couvertures des lits. Soudain, Colette arrache les draps en disant qu'elle a une idée.

Kolinette doit se mordre la langue pour ne pas rire trop fort. Voilà ses parents qui courent à travers les pièces en lançant un drap en l'air. Comme un filet. Chaque fois, ils espèrent voir le drap retomber sur la forme de leur fille. Mais pendant qu'ils sont au rez-de-chaussée, Kolinette les observe du haut de l'escalier.

Bientôt, Kolin et Colette sont tout rouges. Décoiffés. Ils titubent, se prenant les pieds dans les draps. Oh! Mais que voient-ils, tout en haut, sur la dernière marche? Tempo, le demi-chat, qui se frotte contre quelque chose... d'invisible! La pauvre maman saute les marches quatre à quatre malgré sa fatigue. Mais ses bras se referment sur le vide. Pas de petite fille à serrer. Kolinette a fui

36

dans sa chambre. Sans bruit. Grâce à ses *chaussansons*. Assise sur le lit, elle entend sa mère pleurer. À la longue, ça devient trop triste. Elle veut bien laisser à ses parents une chance.

Colette et Kolin arpentent toujours la maison. Ils appellent mollement:

37

—Kolinette, ma fouinette, réponds.

—Si tu te montres, ma puce, on te fait un gâteau.

—Au chocolat, avec des noix.

Tiens! Un petit papier bleu est apparu au milieu du salon. Kolin le déplie et lit: «Je ne suis pas une puce.»

—Mais non, ma puce! crie le père. Tu n'es pas une...

Colette lui donne un coup de coude. Pas brillant, son savant!

Là! Sur la table, un papier jaune: «Arrêtez vos cachotteries et je sors de ma cachette.»

— Quelles cachotteries? lance Colette.

Au tour de Kolin de pousser sa femme du coude. Pas plus brillante, sa savante! Oh! sur la première marche de l'escalier, un papier rose! Kolinette s'est bien appliquée pour écrire: «Dites-moi les dangers de vos inventions. Après, elles ne seront plus dangereuses.»

—Elle a raison, dit Kolin.

Une boulette de papier blanc roule jusqu'au bas de l'escalier: «On fait équipe à trois, vous et moi?» Kolin et Colette se regardent. Ils sourient.

– Marché conclu, ma chérie! crient-ils.

Kolinette revient bientôt en haut des marches, bien visible, avec un chat complet dans les bras.

– C'est promis? demande-t-elle. Je pourrai vous suivre au laboratoire?

42

—Oui, mais toi, est-ce que tu promets de toujours très bien t'appliquer? réplique Colette.

—Bien sûr, pourquoi?

—Il te manque le genou droit, dit papa.

—Et le coude gauche, ajoute maman.

Kolinette hausse les épaules.

– Pas grave, dit-elle. Deux petits coups de baguette scientifique et tout sera réglé.

Elle fait demi-tour alors que ses parents éclatent de rire.

– Tu as oublié un bout de queue! s'exclament-ils en chœur.

COLLECTION CARROUSEL

MINI ET PETITS

COLLECTION
CARROUSEL

Achevé d'imprimer
en février 1999
sur les Presses de
Payette & Simms
Inc. à Saint-Lambert
(Québec)